# MediTiere um die Welt

Heitere Gedichte
von Christine Paxmann

Idee und Illustrationen
von Henning Löhlein

COPPENRATH

Kommst du mit … in den Flow,
den uns MediTiere schenken?
Mit der hinreißenden Show
aus Plüschigkeit und Hals verrenken,
dieser lässig starken Art,
diesem völlig andren Denken, oft gepaart
mit guten Kräften, die uns Seelenruhe spenden
und die unsre Körperbalance wieder ins Stabile wenden.

Wie wir diese nutzen können?
Gar nicht schwer, du wirst es sehen.
Willst du dir Entspannung gönnen
und ein wenig aufrecht stehen?

Balancieren muss nicht sein,
setze lieber Bein vor Bein
oder lockere den Fuß.
Tiere helfen gegen Blues,
gegen Alltagseinerlei.
Denn sie haben coole Moves,
die das Chillen leichter machen.
Versuch es mal mit Bärenlachen
oder Lama-leichter Trance.

Fühl dich einfach mal ganz frei
und gib dem Tier in dir ’ne Chance!

# *Einfach Elch sein*

Nicht nur stille Wintertage
machen, dass wir uns besinnen,
auch der Elch im Hygge-Flow
stellt sich mutig eine Frage:
Muss man jeden Mist beginnen
oder ist das alles Show?

Bleib mal einfach ohne Worte
eine Weile sinnend stehn –,
lausch entspannt dem Elch in dir.
Bald, wie Kerzen auf der Torte,
werden Lichter dir aufgehn.
Sie krönen dich zum MediTier.

# Lama-Trance

Lausche, liebe, fühle, träume,
spüre dich bei jedem Schritt.
Bald betrittst du weite Räume,
fühl dich frei und mach dich fit.

Gib der Ruhe eine Chance,
lass dem Stress das dumme Eilen.
Fällst du dabei mal in Trance,
kann das kleine Wunden heilen.

Schließ die Augen, lächle tief,
stell dir vor, wie Lamas traben –
jetzt ist's Zeit für einen Brief
oder auch für gute Gaben.

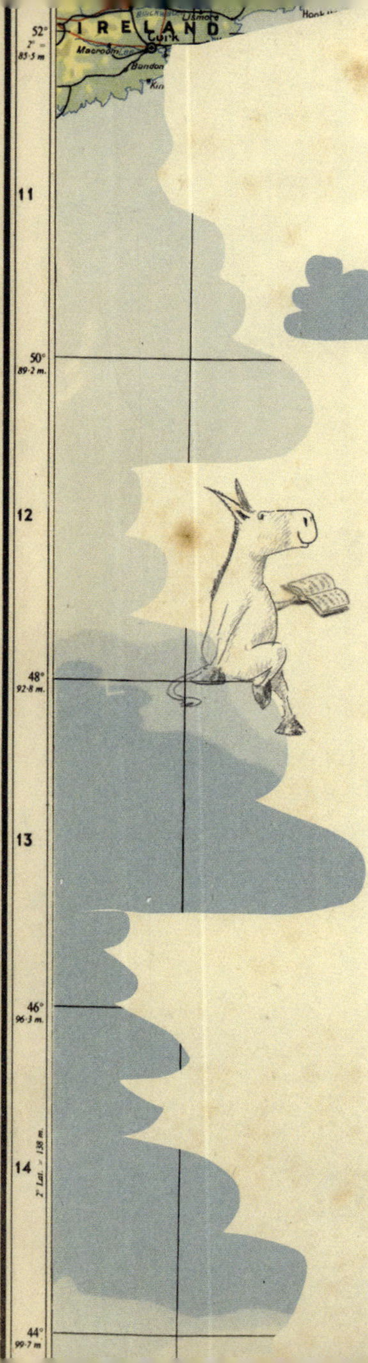


# LeseEsel

Eselsohren stehen hoch,
horchen, drehen, zittern.
Alle Esel lauschen doch,
wenn sie Gutes wittern.

Oh, wie wunderwunderschön
ist die Welt, bei Licht besehen.
Hellblau weht der milde Fön,
Wolken kommen und vergehen.

Wer an zauberhaften Orten
ein Geheimnis finden kann,
spürt in schön gesetzten Worten
einen echten Zauberbann.

Dies ist keine Eselei:
Spring kopfüber auf die Hand,
das macht Hirn und Herz ganz frei
und es lüftet den Verstand.

160 G 170 H 180 I 170 K 160 L 150 M 140 N 130 O
N O
P A C
O C E A N
TIMOR
Kimberley
Burrundie
Pine Creek
Katherine
Mataranka
Cape
York
Coen
Peninsula
Holroyd
Coleman
Laura
Palmerville
Mitchell
Aitutaki
Cook Is
60
100
140

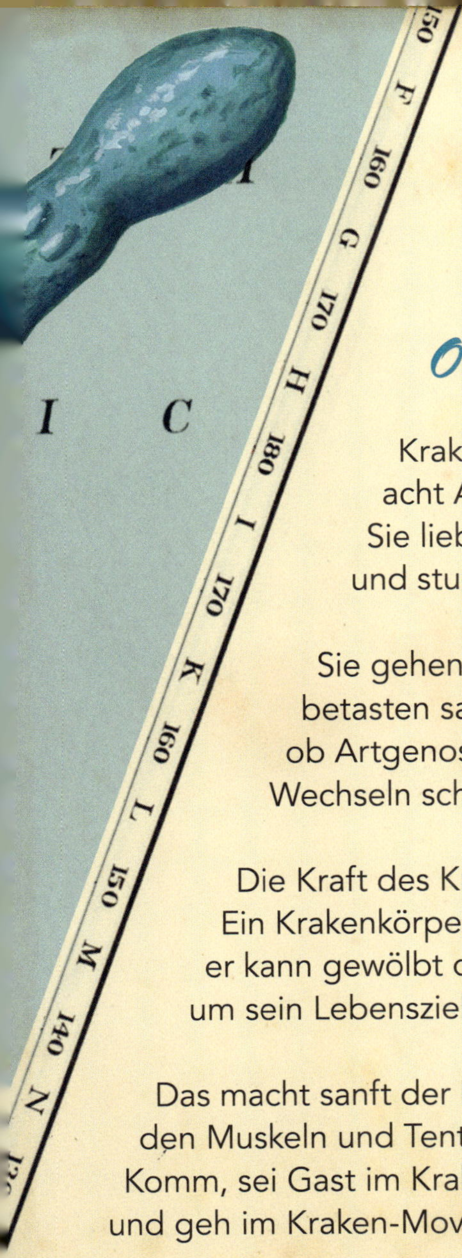


## *Oktopus = Oktopush*

Kraken haben große Herzen,
acht Arme bringen sie voran.
Sie lieben es, herumzuscherzen,
und stupsen sich behutsam an.

Sie gehen allem auf den Grund,
betasten sanft und sehr genau,
ob Artgenosse oder Fund.
Wechseln schnell von rot zu blau.

Die Kraft des Kraken ist die Weichheit.
Ein Krakenkörper kann sich winden,
er kann gewölbt oder ganz dünn sein,
um sein Lebensziel zu finden.

Das macht sanft der Extra-Schub,
den Muskeln und Tentakel geben.
Komm, sei Gast im Krakenclub
und geh im Kraken-Move durchs Leben.

# Pferde-Tango

Huf vor Huf,
Schritt für Schritt,
mach den Move
ganz locker mit.

Dreh dich um
im Takt auf zwei.
Mach dich krumm
auf eins und drei.

1

Tag für Tag
hältst du dich fit,
steppst den Hufschlag-
Tango mit.

Scale 1:2,000,000 = 31 miles to 1 inch
Miles
10 0 20 40
Kilometres
10 0 20 40 60
Railways
Canals
Air Ports
A
10
B
2
3

42

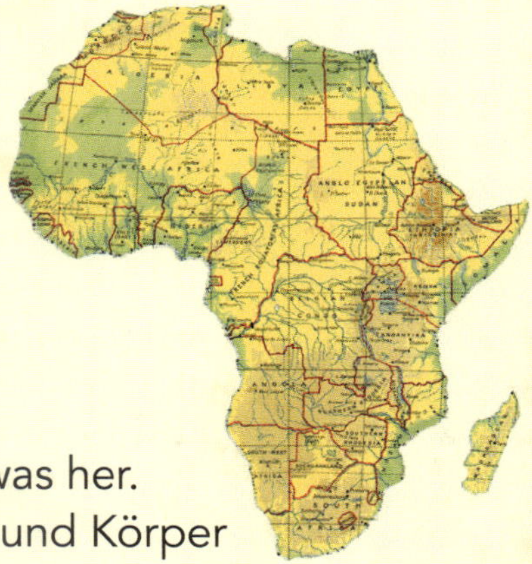

## Leuvenance

Eine Mähne macht was her.
Sie vergrößert Kopf und Körper
und verhilft dem stolzen Träger
zu dem kleinen „etwas mehr".

Ruhiges konzentriertes Liegen,
so kann Löwe alles kriegen
(außer Sachen, die hoch fliegen).
Genau genommen ist sein Skill
erdig, yogi-mäßig, still.

Muss er aber Mähne tragen?
Geht es nicht auch ohne Kragen?
Höflichkeit und Contenance,
das ist wahre Leuvenance.

AFRICA

Continued on p 46 - 47

# Flamingo-Fokus

Rosa, zart und doch stabil
stehen sie auf einem Bein.
Blicken, waten, schnäbeln viel,
denn es ist Flamingo-Time.

Mit der Grazie einer Rose
gehen alle auf die Reise,
ziehen mal im Schwarm, mal lose
1000-Kilometer-Kreise.

Mit den Flügeln winken sie,
biegen Hals und Beine.
Ungern, ja so gut wie nie
bleiben sie alleine.

Flamingo-Feeling ist ein Mix
aus Zähigkeit und Eleganz,
ein Miteinander ohne Tricks
mit größter Nähe und Distanz.

AFRICA – CONTOURS
SOUTH
ATLANTIC
OCEAN
INDIAN
OCEAN

# *Glück in Streifen*

Nichts ist nur schwarz.
Nichts ist nur weiß.
Nichts ist nur laut
oder nur leis.

Lausche mal den Zwischentönen.
Glück heißt auch: sich selbst verwöhnen
oder andren Glück spendieren
sowie nie den Mut verlieren.

Tritt zurück pro Tag ein Stück,
spür Hell – Dunkel, Yin und Yang,
verlangsame den schnellen Gang
und nenn's: Zebrastreifenglück!

# *Panda rhei, Bambusbär*

Panta rhei*, Panda hej!
Schwarze Schnauze, weißes Fell!
In der Dämmerung blitzt hell
dein dichter Pelz im Bambusgrey.

Panta rhei, Panda du,
lass Gedanken langsam schweifen,
lass sie ziehen oder reifen,
lass Entwicklung zu.

Panta rhei, Pandabär,
lass Gedanken fließen,
ruh in Bambuswiesen,
als ob's dein Auftrag wär.

Panta rhei, Panda, der
du lebst in deiner Welt,
du brauchst weder Gold noch Geld,
nur deine Kraft, mein Bambusbär.

* *Panta rhei* kommt aus dem Griechischen und bedeutet: Alles fließt.

# Chicken-Salto

Hühner lieben die Gemeinschaft,
darin sind sie richtig gut.
Dabei lassen sie sich Raum,
in dem jedes chillt und ruht.

Wenn du denkst, das sei schon alles,
musst du ganz genau hinsehen.
Denn wenn sie mal Lust drauf haben,
können Hühner Saltos drehen.

Kehrt dann wieder Ruhe ein,
mach's wie sie: Sei cool und smart
und dreh einfach superlässig
Kreise auf die eigne Art.

Dass die Kreise aller Hühner
nie ganz ebenmäßig sind,
kommt, weil unser aller Leben
immer eiförmig beginnt.

# *Eisbär sein*

Wenn man seine Mitte kennt
und sein Karma fröhlich grüßt,
wenn man Gut und Böse trennt,
wird das Leben schnell versüßt.

Doch ganz ohne Schattenspiele
geht es manchmal leider nicht.
In dir selbst versteckt sind viele
Wege hoch hinauf zum Licht!

Du musst einfach all die Sachen,
die dich stören,
gar nicht machen
und auf dein Gewissen hören.

Greenland
Baffin B.
Baffin
Davis Str.
C. Farewell
C. Barrow
Yukon
HUDSON BAY
Labrador
Newfoundland

## *Steinbock-Mentality*

Wenn du unten stehst,
wirkt alles groß.
Unbezwingbar scheint das Los,
wie du's wendest oder drehst.

Doch dann hilft ein kleiner Trick
beim erfolgreichen Umkehren
des so heillos Schweren:
Was du brauchst, ist nur *Geh*-schick!

Dann wandere zum Gipfel rauf,
lass die Täler hinter dir,
folge deinem MediTier,
spüre seinen starken Lauf.

Weck die Steinbock-Kraft in dir,
die mühelos im Berg der Sorgen
findet, was da auch verborgen:
jenes Glück des Jetzt und Hier.

## Giraffen-Perspektive

Wenn wir mal den Hals lang machen,
suchen wir nicht selten Sachen,
die wir mittig oder unten
bisher leider nicht gefunden.

Doch wir haben einen Skill:
Denn wer etwas haben will,
braucht zuerst den Überblick –
kleiner Trick?
Den bekommt, wer mal den Bogen
nach unten schlägt oder nach oben.

Alle Richtungen sind gut,
wenn man hellwach in sich ruht.
Das ist Kräftebündeln pur.
Und bedenke dabei nur:
Die Giraffenhalsigkeit
öffnet dir den Blick ganz weit.

# *Pinguin pragmatisch*

Du bist ein Ruhepol,
einer, der auch Kälte liebt.
Weil dein federleichtes Kleid
dir und andren Wärme gibt.

Du bist ein Ruhepol,
denn sogar bei Widrigkeiten
magst du nicht so kleinlich sein
und um Nichtigkeiten streiten.

Du bist ein Ruhepol
und setzt Schritt vor Schritt.
*Step by step* mit Herzenswärme
nimmst du alle mit.

Antarctic Circle
Enderby
Coats
Ruhepol
K. George V

# *Wal-Watching*

Wir Wale wählen sehr genau
die Routen unsrer langen Wege.
Selbst wenn wohl etwas näher läge,
ziehn wir weit durchs Meeresgrau.

Wir Wale sind ein Ruhepol:
sanft, geduldig, stresserprobt.
Walgesang wird hoch gelobt,
sorgt für lässig cooles Wohl.

140 N 130 O 120 P
A C I F I
A N

## Kolibri free

So frei, so flink der Flügelschlag.
So schnell, so hell der Flug.
Die Lebenskraft des Kolibris
erfüllt die Luft bei Nacht und Tag.
Schnell flirrend und sehr elegant,
wird er am Flatterflug erkannt.

Sieh den Kolibri im Tanz.
Zart und stark wie eine Feder
in der stillen Luft, da steht er
vibrierend überm Blütenkranz.

Iquitos
La Paz
Sucre
Córdoba
Mendoza
G. San Matias
Rawson

# Känguru-Power

Ruhe wie ein Känguru
auf den Hinterbeinen.
Winkle beide Arme an,
sammle Kraft im Kleinen.

Hüpfe dann mit großem Sprung
durch ein Lebenstal.
Glückt er nicht, der neue Schwung,
versuch es gleich nochmal.

Fühl das Känguru in dir,
sei ganz konzentriert.
Such dein Glück im *Jetzt und Hier,*
füttere dein Sprungkrafttier.

7
6
9
5
1
4
2
3

# Light Butterfly

Erst Raupentier und unscheinbar,
dann puppenstarr, dann rund, dann bunt,
so wirst du aus dem Kokon steigen
und dich wandeln, wunderbar.

Schmetterling stand einst für Psyche:
Seele – Geist in Symmetrie,
weil hier Anmut und auch Schönheit
überirdisch sind wie nie.

Ist's ein Tanz, ein Spiel, ein Reigen,
flatternd zart, reich an Gestalt?
Bild auch du dir eigne Flügel,
dann gibt Leichtigkeit dir Halt.

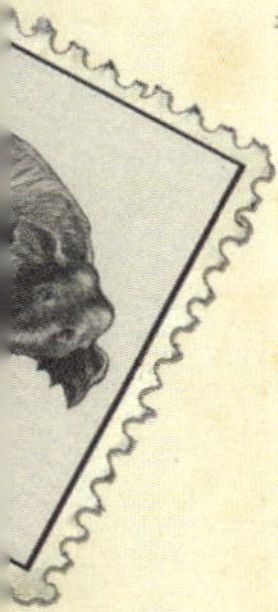

# Elefanten-Stärke

Nicht die Größe hat Gewicht,
nicht die Höhe, nicht Volumen.
Selbst ein schwerer Elefant
geht oft zart und elegant
über Wiesen, Gräser, Blumen
und verletzt die Ordnung nicht.

Denn das wahre Können liegt
tief im Innersten verborgen
und es äußert sich charmant
mal beim Winken mit der Hand,
mal in einem Trost bei Sorgen,
bis der Kummer schnell verfliegt.

Dieses umsichtige Leben
ist dein Plus, dein Skill, dein Stern.
Nenn es Elefanten-Kraft,
die dir Gleichgewicht verschafft.
Was du gibst, das gibst du gern. –
Gibt es Besseres als *Geben*?

# Seehund, und?

Schwimmen Seehunde in Rudel,
sind sie dabei flink und wendig.
Schütteln sie sich dann wie Pudel,
glänzt ihr feuchtes Fell echt trendig.

Wenn sie in der Sonne liegen,
scheinen sie in sich zu ruhn.
Seehund-Karma heißt: Nicht fliegen!
Du musst einfach mal nichts tun.

Trocknen sie sich ihre Wolle,
ist das Chillen ohne Eile,
Augenzwinkern, Rückwärtsrolle –
Seehund heißt: Genieß mit Weile.

## Ey Ai, ey

Weil du keine Eile hast
und du chillst und in dir ruhst,
ist dir Zeit ein guter Gast,
und du pfeifst auf Chaoswust.

Mach es lässig mit Genuss
wie das Faultier auf dem Ast:
Gib dem Leben einen Kuss,
wenn du Stress und Ärger hast.

## *Unique Horn*

Unter allen MediTieren
gibt es ein uniques Wesen,
das kann auch Gedanken lesen
und Ballett auf allen Vieren.

Es mag matt und glänzend sein,
kann im Flug die Augen schließen,
es lässt alle Träume fließen.
Mit ihm ist man nie allein.

Es beschenkt dich jetzt und hier
mit ganz ausgesuchten Gaben.
Es hilft deine Akkus laden.
Spür das Wunderhorn in dir.

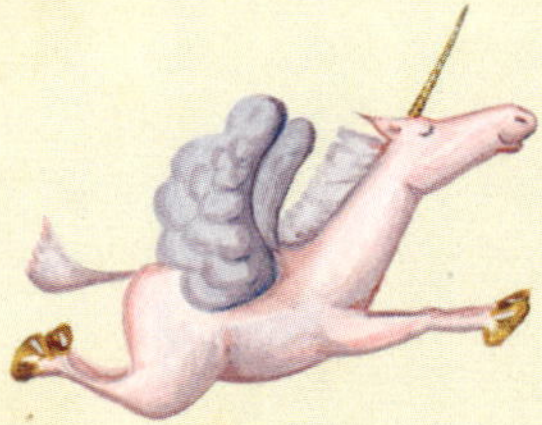

ISBN 978-3-649-65055-3

Hafenweg 30, 48155 Münster, Germany
Idee und Illustrationen von Henning Löhlein
Texte von Christine Paxmann
Textsatz: Thomas Wolters
Redaktion: Katrin Gebhardt

Printed in Slovakia
www.coppenrath.de